सीपी

एहसासों के मोती

पुष्पा सहाय

सन्मति पब्लिशर्स एण्ड डिस्ट्रीब्यूटर्स

ISBN: 978-93-88365-41-3

प्रकाशक :

सन्मति पब्लिशर्स एण्ड डिस्ट्रीब्यूटर्स

बी–347, संजय विहार,

मेरठ रोड, हापुड़–245101 (उ0प्र0)

website : www.sanmatiindia.com

email: sanmati555@gmail.com

मो. 8439645104, 7302710291

प्रथम संस्करण: 2019

आवरण

RETROTEK

अपनी बात

बेचैन मन,

स्वयं को तलाशता... मेरे लिखने का सार इन्हीं पंक्तियों में हैं। मैं ना ही साहित्यकार हूँ, ना ही कवियत्री हूँ। लिखने का शौक अपने भाई को देखकर जगा। मैं जब स्कूल में थी अपने भाई विकास चन्द्र को, जो अब इस दुनिया में नहीं है, को डायरी और कविताएँ लिखते देखा और यहीं से शुरुआत हुई मेरी डायरी लेखन की। अन्तरमुखी होने के कारण अपनी बातों को जब किसी से कह नहीं पाती तो डायरी में उतार देती। मन की बात ने कब कविता का रूप ले लिया,मुझे पता भी नहीं चला। शादी के बाद मेरी लेखनी को एक विराम सा लगा। यह वो वक्त था जब मैंने अपने दोस्त/सह भाई को अपनी शादी के मात्र 10 दिन पहले खो दिया। भाई को खोने का गम और कुछ नई शादी की उलझनें पर बैचैन मन कहीं ना कहीं खुद को तलाशता रहा। मैंने एक बार फिर डायरी उठाई और चल पड़ी एक राह, मन को उकेरने की, मन के कैनवास पर रंग भरने की।

मन के एहसासों को पिरोकर ही कविता तैयार होती है और वो एकाकी मन का शोर होती है। कभी कुछ ऐसा घटित हो जाता है जिसकी हम कल्पना भी नहीं कर सकते। कभी-कभी मन बोझिल हो जाता है, बिल्कुल उदास ... परेशान, कभी मन प्रेम में डूब जाता, कभी कृष्ण की राधिका, तो कभी मीरा सी दीवानी बन जाता है मन, कभी बच्चों को समझाता; तो कभी खुद बच्चा बन जाता मन... कितना कुछ मन में होता है और कितना कुछ यह कहता है।

मेरे काव्य संग्रह में मेरे मन का समावेश है, मन को रंगने की कोशिश की है जिसमें आप सब भी ख़ुद को सराबोर पाएँगे।

मेरे काव्य संग्रह के पीछे मेरे पति, मेरे बच्चों, मेरे मित्रों, मेरे बहुत से प्रशंसकों आदि की प्रेरणा हैं और इसे एक सपने के साकार होने की तरह मैं देखती हूँ। आदरणीयविद्या भूषण जी, Sanmati Publishers और निशान्त जैन जी का दिल से आभार, मेरे मार्गदर्शक बनने हेतु और मेरे सपने को साकार रूप देने हेतु। मुझे विश्वास है आप सबको मेरा काव्य संग्रह पसंद आएगा और आप सबका स्नेह मिलेगा...

अपनी पुस्तक 'सीपी' में अपने एहसासों को शब्दों में पिरोकर मोती बनाने की छोटी सी कोशिश मेरी...

नहीं है मैंने हार मानी
नहीं है कोई ज़िद्द ठानी
बस मिल जाए कोई सीपी मुझे
बन जाऊँगीमोती
ऐसी बूँद हूँ मैं...

- पुष्पा सहाय

अपने विचार

मन के भावों को शब्दों में पिरोना ही कविता है। जिस तरह अंधेरी रात में सितारों की रोशनी रात के अंधेरे को पाट देती है, उसी तरह कविता अंतर्मन के प्रकाश से मनुष्य जीवन को प्रकाशमय करती हैं। आज के व्यस्त जीवन में जहाँ कहने को सारा विश्व एक दूसरे से जुड़ा हुआ है, लेकिन सच्चाई यह है कि संवाद कम हो रहे हैं और संवेदनाएं भीतर ही मर रही हैं। हर कोई अपनी बात को कहने में असमर्थ है और वहीं हर कोई समझने में। इसीलिए कविताएँ जन्म ले रही हैं मन की आवाज बन, लोगों तक पहुँच रही हैं। साहित्यकार होना हर किसी के लिए बस की बात नहीं, पर कवि तो कोई भी हो सकता है जिसमें अपनी बात को कविता का रूप देकर लोगों तक पहुँचने की क्षमता है। मन का भाव जो मन को भा गया, वही गहरा हो गया।

पुष्पा सहाय जी का काव्य संग्रह 'सीपी.. एहसासों के मोती' एक युवा कवियत्री जो कि एक कुशल गृहिणी के साथ अध्यापिका भी रही हैं, जीवन को रंगती नजर आई हैं अपने इस काव्य संग्रह में। कविता कहें या क्षणिकाएं कहे, मन के अहसासों से इस काव्य संग्रह को संजोया गया है। सरल शब्दों और सरल सोच को मिश्रित किया हुआ है यह काव्य संग्रह। कवियत्री ने बहुत खूबसूरती से शब्दों में अपने मन के विचारों को पिरोया है जो हर किसी के मन का भाव है। एक स्त्री होने के नाते संवेदनाओं से भरा दिखाई देता है यह काव्य संग्रह और हर विषय पर लिखा है कवियत्री ने। यह काव्य संग्रह एक सपने की तरह है कवियत्री के लिए जो कि उसकी बात में मिलता है और कवियत्री ने बहुत सामान्य भाषा में मन के भावों को मानक दिया है। किसी के दिल तक पहुँचना कविता की सार्थकता है। 'सीपी.. एहसासों के मोती' अपने

पाठकों को उनके ख़ुद के मन के अहसासों की तरह लगेगा और कहीं ना कहीं उनके दिल तक पहुँचेगा। पुष्पा सहाय जी को बहुत बहुत बधाई एक संदेश के साथ स्वयं को तलाशना और तलाशकर तराशना आसान नहीं होता है, पर आप पूरी तरह से सफल हुई हैं अपने इस काव्य संग्रह के द्वारा।

- **सन्दीप गुप्ता**

1.

चलो, हम सिर्फ मुस्कुराएँ...

जीवन बदलता
हर पल, हर क्षण
फिर क्यों न इसके
रंग में रंग जाएं।।

धूप छाँव से घबराकर
क्यों हम उदास हो जाएँ!
चलो, हम सिर्फ मुस्कुराएँ।।

2.

मन को खुला छोड़ दिया
तभी तो आधी रात को
अधूरी नींद में,
जन्म लेने लगी कोई कविता

एक अधूरा रिश्ता ...
जिसे तुमने भी निभाया
बड़े जतन से
अधूरा रहकर ही ...

चाहती तो हूँ कि
खोल दूँ सारे द्वार
और आ जाऊँ
स्मृतियों के उस नगर से बाहर

तुम्हारी हँसी के बीच
शहनाई की धुन लिए,
किसी एकांत से निकल कर
तुम्हारे शहर में

जहाँ बारिश होती हो,
जहाँ फिर से कोई चाँद खिले,
जहाँ जन्नत सी लगे जमीं,
जहाँ तुम्हें गुनगुना पाऊँ,
जहाँ तुझको तराशें मेरा मन ...

3.

मैं पुष्प बन तुम पर समर्पण चाहती हूँ,
मैं तुम में हर पल महकना चाहती हूँ।

किसी भंवरे की गुंजन सा है मेरा दिल,
हर पल वो गीत गुनगुनाना चाहती हूँ।

साँझ ढले हवाओं के साथ जो आती है तेरी खुशबू,
मैं उन हवाओं के साथ मचलना चाहती हूँ।

मेरी गीतों का सार जो तुम हो,
मैं बस उनकी थिरकन बनना चाहती हूँ।

गुनगुना लो जो कोई गीत नया,
मैं बस उनका साज बनना चाहती हूँ।

जो जीया जिन्दगी साथ में हर पल हर लम्हें,
मैं बस उन लम्हों की बात बनना चाहती हूँ।

4.

कैसी थी तन्हाई की
वो रात,
जब तुम आक्सीजन पर थे,
और थी मैं बदहवास,
जैसे इम्तिहान की रात...

आकस्मिक चिकित्सा
के बाहर बैठी चुपचाप,
आकाश को निहारती,
जज़्बातों को संभालती,
एहसासों को समेटती,
आँखों में कटी सारी रात...

दूर नहीं थे तुम,
दूर नहीं थी मैं,
फिर भी काटी मैंने,
तन्हाई की वो रात,
पर इम्तिहान दोनों देते साथ-साथ...

5.

मैं लिखती रही कविता,
हर शब्द में तू शामिल है।
उस शब्द कैसे मैं बयां करूँ,
वो तो बस तुम्हारा नाम है।

प्रेम जो जन्म लेता मेरे भीतर
तेरी हर बात से
उस बात को कैसे मैं बयां करूँ
वो तो बस एक जज़्बात है।

रिश्ते जो महसूस हुए
वो किस कदर मजबूत हुए,
उस रिश्ते को कैसे मैं बयां करूँ
वो तो बस कुछ खास है।

गुलाब सी खुशबू तेरी
समा गई जो सांसो में,
उस महक को कैसे बयां करूँ
वो तो बस रुह की प्यास है।

स्नेह की सौगात लिए
आए जो तुम मेरे पास,
उस अनुराग को कैसे मैं बयां करूँ
वो तो बस एहसास है।

6.

पल...
कोई भी हो
रहो मेरे पास
अहसास ...
जैसा भी हो
बाँट लो मेरे साथ
मंजिल ...
जैसी भी हो
ले चलो अपने साथ
लगा लो फिर से
हृदय से अपने
कि
रह नहीं पाएँगे
तुम बिन...

7.

वो कुछ पल के लिए
तुम्हारा आना,
ना जाने कितने दिनों से
इंतजार करती आँखो को
सुकून दे गया।
तुम्हारे साथ गुजरे उस
एक लम्हें का जादू,
बस गया रूह की
गहराइयों में।
तुम्हारी आवाज...
जिसमें वही कशिश
वही बेकरारी थी
जिससे खींचने लगी थी मैं
वो पल वो लम्हें,
रुकने वाले नहीं थे,
पर,
सहेजा है मैंने
अपनी रूह में
बहुत गहरे तक।।

8.

जब देखा था
मैंने तुम्हें अश्रुपुरित नेत्रो से,
विचलित हो गए थे तुम।
तुम्हारा मौन
मुझे ढांढस दे गया।
मेरे नयनों में तुम्हारे प्रति
आभार झलका
मन मयूर नाच उठा,
मेरे सपनों ने रंग भरे।
आशाओं का दीप जला
और
मन समर्पित हो गया...

9.

मन कर रहा है भींग जाऊँ
इस बार बारिश में
जी भर के ....
भींगा करती थी जैसे
उन दिनों तुम्हारे साथ।
उफ्फ...
मेरा छींकना और तुम्हारा
परेशान हो जाना,
याद आता है मुझे तब तुम्हारा
कॉफ़ी बनाकर लाना।
उफ्फ...
मेरा बालों को झटका
कर सुखाना
और तुम्हारा मदहोश
हो जाना।
उफ्फ...
कहाँ खो गए हम और तुम
क्यों डरने लगे अब हम छींकने से,
क्यों डरने लगे अब हम भीगने से।
उफ्फ...

10.

तुम और मैं,
मैं और तुम,
चलो चलते हैं वहाँ
ठंडी-ठंडी रेत हो जहाँ...
हाथों को थामकर
मजबूती से,
चलो चलते हैं वहाँ...
जहाँ तुम कहो
और मैं सुनूँ
मैं कहूँ और
तुम सुनो
चलो चलते हैं वहाँ
ठंडी ठंडी रेत हो जहाँ ...

11.

जब भी तुम कहते मुझे 'सोना'
ऐसा लगता,
स्नेह के एक अटूट बंधन में
बंध गई हूँ मैं
और तब मन करता
तुम्हारी ऊँगली पकड़कर
चलती रहूँ धरती के अन्तिम छोर तक।

जब भी तुम कहते मुझे 'सोना'
ऐसा लगता,
सो जाऊँ मैं
तुम्हारे सीने पर सर रखकर,
एक गहरी नींद में...
किसी छोटी बच्ची की तरह।

जब भी तुम मुझे कहते, 'सोना'
ऐसा लगता,
ब्रश लिए खड़े हो तुम,
मुझे रंगने के लिए
और तब बन जाती हूँ मैं इन्द्रधनुष
उस अनन्त आकाश में ...

12.

जाने क्या कहती हैं
तेरी आँखें...
जाने कौन सी भाषा
मन कविता बन जाता है।

उन गहरी नीली
आँखों में ...
समा कर
मन मोती बन जाता है जैसे।

13.

अपनी साँसें रोक कर
अपलक निहारते रहे
हम ...

और जब बांधा
अपनी बाँहों में
हमें...

कभी ना छूटने वाले
स्नेह के उस बंधन में ...

धड़कनों का
धड़कना सुनते रहे
और तब,
देखो ...
अपनी रुह हार बैठे हम !

14.

कैसे थे वे दो पल !
पल पल में बीत गए
वे दो पल !

कितने शांत तुम थे,
कैसी सहज मैं थी।

कितना खुबसूरत एहसास था,
जन्नत का जैसे कोई रास्ता था।

अन्तर्मन की भावुकता को
अन्तर्मन में ही समेटे,
जाने कैसे बीत गए
वो दो पल ...

15.

कितना अच्छा लगने लगा है
जीवन के इस पड़ाव पर,
खुशियों की हल्की सी पुकार
और मन का वहीं पर
ठहर जाना...

खामोशियों को आँखों से
बयां करना....
इस भागती जिंदगी से
कुछ पल चुरा कर
थोड़ा-थोड़ा उन्मुक्त
अपने लिए जीना...
है ना !

16.

मेरी साँसों का स्पंदन
समझने लगे हो तुम,
कितनी सरलता से
मुझमें समाने लगे हो तुम।

आदत हो तुम मेरी
बेखबर नहीं इससे तुम,
तभी तो मेरा हिस्सा बनकर
मुझमें ही जीने लगे हो तुम।

धड़कनों पर हक
जो हुआ तुम्हारा...
धड़कनों के साथ ही
धड़कने लगे हो तुम।

साँसों में घुलने लगी है
खुशबू जो तुम्हारी,
ख़ुद से बेखबर होकर
मेरी खबर रखने लगे हो तुम।

17.

तुम्हें सोचते ही...
मन के कैनवास पे
इन्द्रधनुष सा रंग
घुलने लगता है ...

एक मखमली एहसास,
बारिश की बूँदों सा...
और मेरे शब्द
तुम्हें रचने लगते हैं

हाथों में सतरंगी ब्रश लिए
तुम्हें आकार देने लगते हैं
मन के कैनवास पे,
तुम्हें सोचते ही ...

18.

याद आता है मुझको
वो दादी का घर
वो दादी का घर और
गर्मी की मस्ती
वो गर्मी की मस्ती और
अमिया चुराना
वो अमिया चुरा कर
धीरे-धीरे भागना
धीरे-धीरे भागकर
कोठरी में छिप जाना
कोठरी में छिपकर
चुपके-चुपके अमिया का खाना
याद आता है मुझको
वो दादी का घर...

19

एक खुबसूरत
अहसास हूँ मैं
तेरे ही तो
आस पास हूँ मैं...

महसूस कर
रुह की गहराइयों से,
तेरे ही साथ हूँ मैं...

माना की ख्वाब हूँ
पर पास हूँ तुम्हारे,
अपनी भींगी
पलकों को
बन्द करके देखो,
उनमें ही तो हूँ मैं...

20.

मेरा इश्क सुर्ख गुलाब-सा
तुम्हारा प्यार गुलमोहर के फूल-सा

मेरी प्रीत, मटके के पानी सी
तुम्हारा स्पर्श समंदर की लहरों-सा

जलता है मन जेठ की दुपहरी-सा
तुम्हारा आना बारिश की फुहार-सा...

21.

पकड़ कर हाथ मेरा
उस क्षितिज तक साथ चलो...

चलो उस जहां में
जहाँ बंदिशें ना हो
चलो मेरे साथ
जहाँ मुस्कुराहटें हो...

22.

गर्मी की इस अलसाई दोपहर में
तुम्हारे पास आने की नटखट सी है
ख्वाहिश मेरी...
फिर क्यों न उतर आऊँ
चुपके से...
तुम्हारे मन के आंगन में।।

23.

सुनो ना...
डूबती उतराती सांसों से लड़कर,
जब तुम आए फिर से पास मेरे
ऐसा लगा,
कोई कच्ची डोर नहीं...

सुनो ना...
तुम्हारे साथ ही तो प्रियतम
मुझे आसमां के पार जाना है,
अपनी सांसे समाहित करके
तुम्हारी सांसो के साथ जीना है
क्योंकि,
तुम हो तो मैं हूँ ना !

24.

कदम बढ़े मेरे जिस तरफ
वो राह तुम्हारी थी
हाथ पकड़ कर तुम्हारा
उस राह चलना अच्छा लगा

मन्द मन्द मुस्काना तुम्हारा
और फिर हौले से छू जाना
मुझे अच्छा लगा ...

छेड़ दो ना फिर से
वही दिल के तार
ताकि बाकी रहूँ तुममें कहीं...

25.

ये प्रीत भरे एहसास
जो इजाजत देता है
तुमसे बेशर्त मोहब्बत की
और मैं अपनी एक-एक
धड़कनों को संभालते हुए
ख्वाबों के गहरे समुद्र में
डूबने लगती हूँ ...

26

व्याकुल मन मिलन के इन्तजार में...

छिपा लो जो आगोश में मुझे,
महक महक जाऊँ मैं ॥

पुकार लो जो एक बार मुझे,
जी भर कर मुस्काऊँ मैं ॥

खिल खिल उठूँ
तुम्हारे नाम से मैं ॥

सुर बनकर तुम्हारे
अधरो पर सज जाऊँ मैं ॥

27.

प्यार की एक अविरल धारा
जो तुमसे चलकर
मुझ तक पहुँचा करती है,
एक सुकून देती है मुझे।

फिर क्यों चलते-चलते
रुक जाती है जिन्दगी ?

तुम्हारे होने का अहसास
जीवन देता है मुझे।
फिर क्यों बेमतलब सी
लगने लगती है जिन्दगी।

तुम पास हो मेरे
तुम साथ हो मेरे।
फिर क्यों दूर
होती जाती है जिन्दगी ?

28.

तुमने जो कहा जिन्दगी
समेट लो बूँद बूँद खुशियाँ
देखो ना,
जिन्दगी फिर से
मुस्कुराने लगी है।

सागर की लहरों से लड़कर
एक एक बूँद पानी की
देखो ना,
मेरे पास आने लगी है ...
जिन्दगी फिर से
मुस्कुराने लगी है।

29.

कभी- कभी
मन करता है
रोक लें
कुछ रिश्तों को
हाथ पकड़कर

पर आसान कहाँ
रिश्तों का ठहराव,
ठहराव तो होता है
बस एहसासों का,
जज्बातों का...
है ना ...

30.

जाने कब कौन से शब्द मेरी
रचना को अमरत्व दे जाएँ

जाने कब कौन से शब्द
जीवन में बहार ले आए

मेरे शब्द ऐसे जहाँ
न वेदना न संताप

बस शब्दों का
प्यारा सा मकड़जाल।।

31.

अधूरी नहीं मैं
जब पूर्णता लिए
छाए हो मेरे सम्पूर्ण
अस्तित्व पर ...

सात जन्मों के लिए
तुम्हारा साथ
परिभाषित करता मुझे
तुम हो तो मैं हूँ ...

32.

लाख रहो मशरुफ
अपने काम में...
ख्याल मेरा
कैसे न आता होगा...

ये बैचेनियाँ,
तुम्हें भी सताती होगी...
जिक्र मेरा तेरे लबों पे
कैसे न आता होगा...

33.

मन को क्यों बहका गया कोई,
क्यों बेगाना बना गया कोई।

मेरे चारों तरफ फैली है मादकता,
चारों तरफ ढूँढती है तुझको मेरी व्याकुलता।

अपनी चंचलता से मुझको जो स्पर्श कर गया कोई,
सुकून चुराकर अधीर बना गया कोई।

तनहाईयों में गूँजती है आवाज वही,
पास बैठकर जो कही थी कई बातें कोई।

दिल पुछता हैं मुझसे सवाल कई,
मुझे अपने सवालों का जवाब मिलता नहीं कोई।

34.

उम्मीदों को पलकों में
समेट कर,
चलो कुछ
ख्वाब बुनते हैं...

फ़िज़ाओ से खुशबू
बटोरते हुए,
चलो कुछ
खुशियाँ बिखरते हैं...

35.

कभी सोचा ना था,
अपने जीवन संघर्ष में
इस तरह खो जाउँगी मैं

आज पति में कल बच्चों में,
कब ख़ुद को खुद में पाऊँगी मैं

आज पति का कल बच्चों का
बस यही सोचती रह जाऊँगी मैं
कभी सोचा ना था...

36.

अन्तर्मन क्यों टूट रहा !
क्यों ख़ामोश हो रहा मेरे
मन का शहर !
क्यों अजनबी से है
रिश्ते सारे !

देखो ना,
आँखों की उदासी और
मौन होंठों के बीच
फिर से कुछ पाने की कोशिश
उफ्फ...

क्यों मेरे होने का अहसास नहीं,
क्यों मेरे टूटने की परवाह नहीं,
मेरे लिए पूरी दुनिया तुम
क्यों तुम्हारे लिए मैं नहीं।।

37.

गुजर जाए कोई शाम
तुम्हारे साथ,
बस इतनी सी उम्मीद
कर लूँ मैं...

सीने से लगा लो मुझको,
बस इतनी सी इच्छा
कर लूँ मैं...

रह नहीं पाओगे मेरे बिना
बस इतना सा कह दो,
ख्वाबों की एक दुनिया
बसा लूँ मैं ...

38.

किसी खूबसूरत
नक्काशीदार दरवाजे
के पीछे बंद हैं
तुम्हारी यादें ...
ना जाने कब से !

आ जाओ तो सौंप दूँ
स्मृतियों का हर पल,
जो है अमानत तुम्हारी
और फिर सो जाऊँ मैं
निश्चिंत होकर ...

39.

सुनो तो ...
तुमने रोका है जहाँ,
ठहरी हूँ वहाँ.....

नहीं जानती,
कुछ पल, कुछ दिन
या सदियों का
ठहराव है ये ...

बस जानती हूँ,
साथ चलने का वादा था
जीवन की मंझधार में।

लेकर पतवार हाथ में,
ठहरी हूँ वहाँ,
तुमने रोका है जहाँ...

40.

तुम्हारी मीठी छुअन याद करूँ
या तुम्हारी कड़वाहट याद करूँ
बोलो ना प्रिय
मैं क्या याद करूँ

तुम्हारा साथ चलना याद करूँ
या हाथ छोड़ना याद करूँ
बोलो ना प्रिय
मैं क्या याद करूँ...

41.

मेरे इस कोमल मन में
कई अनसुलझे से सवाल हैं,
क्या तुमको कभी आभास हुआ ?

विरह में जलते इस एकाकी मन में
एक अभिलाषा तुम्हारे आलिंगन की,
क्या तुमको कभी आभास हुआ ?

इक अंतहीन सफर मेरा
उम्र भर गुजरा कैसे,
क्या तुमको कभी आभास हुआ ?

तुम्हारे संग जीया मैंने,
न जाने कितने सपने
क्या तुमको कभी आभास हुआ ?

42.

कौन हूँ मैं....

एक ख्वाब एक ख्याल हूँ मैं,
क्यों नहीं महसूस होती मैं ?
तुम्हारे ही ख्यालों से जन्मी
कविता हूँ मैं...

क्यों नहीं दिखती मैं ?
हर शाम तुम्हारे आगोश में
अंगड़ाई लेती,
रात रानी सी महकती,
कोई तिलिस्म हूँ मैं ...

आवाज देकर देखो
लौट आऊँगी मैं...

43.

क्या हुआ अगर जिन्दगी से कुछ पल चुरा कर
खुद के लिए जी लिया तो,
क्या हुआ अगर कुछ देर
खुद का ख्याल रख लिया तो ...

क्या हुआ अगर अकेले ही घूम लिया तो,
क्या हुआ अगर कुछ भूल गई तो,
क्या हुआ जो खिलखिला कर हँस पड़ी तो,
क्या हुआ अगर मन उदास है और रोना चाहा तो ...

क्यों एक हद की सीमा रेखा है,
तुम्हारे चारों तरफ, तुम्हारे इर्द-गिर्द,
मन के इर्द-गिर्द ...
जो तुम्हारी सुरक्षा के लिए तो नहीं है !
ये तो है तुम्हारे सपनों की सीमा रेखा,
एक दिवार जो बना दी गई है मन पर ....

44.

आज आवाज ना देना कोई
ना कोई दस्तक देना,
मेरे दिल के दरवाजे पर।
हम नहीं हैं...

उफ्फ...
ये शीशे ...ये सपने...
किस मोड़ पे हैं हम
अचम्भित से....
किस को क्या बताएँ हम।

जाने क्या खो गया
जाने क्या मिल गया...
चलो सपनों से विदा लेते हैं
बस आवाज ना देना कोई...
हम नहीं है ...

45.

आ जाओ बबुआ...
तो मना लें हम अपना भी फगुआ
आ जाओ तो खेलें हम...
रास रंग की होली
आ जाओ तो मना लें हम
जी भर कर होली।

आ जाओ तो लगाकर थोड़ा सा रंग,
आ जाओ तो पी कर थोड़ा सा भंग,
तुमको रंग कर अपने ही रंग में,
चलो छेड़ दे वो सरगम के तार...
चलो उड़ा ले हम अपना गुलाल।

आ जाओ बबुआ...
तो मना लें हम अपना भी फगुआ
तुम्हारे साथ खेली मैंने
ना जाने कितनी बार
कल्पनाओं की होली...
आकर मेरे पास खेलो कभी
मेरे संग भी होली...

46.

ना जाने ख्वाहिशों के
कितने खत लिखे मैंने,
जज्बातों के कुछ
एहसास हैं उनमें...

चाहा ...छोड़ आऊँ
तुम्हारे तकिये के नीचे
मालूम है, देखोगे तुम अगर
अधीर होगा मन तुम्हारा भी...

तुम सब्र रखना प्रियतम
दूर नहीं हैं हम..दूर नहीं हो तुम,
होगी धारा निरंतर एक दिन,
पावन गंगा जल जैसी।

और तब,
मिलेंगे हम प्रियतम,
सिमट कर तुम्हारे बाहों के घेरे में,
संजो कर रख लेंगे हर पल को,
जो जीया था साथ में।

खोल कर जज्बातों की
हर पँखुड़ियाँ,
लिख देंगे हम फिर से
कोई कविता नई।

47.

है इन्तजार ...
तुम्हारे साथ चलने का
तुम्हारे साथ खिलने का
खिलकर निखरने का

है इन्तजार ...
तुम्हारे साथ गुनगुनाने का
सांसो के साज से
अल्फाज़ लिखने का

है इन्तज़ार...
तुम्हारे आगोश में आने का
तुम्हारे आगोश में आकर
बिखर जाने का

है इन्तजार...
दिल पर हाथ रखने का
और कुछ देर यूँ ही
बैठे रहने का
बस है इन्तजार...

48.

सब है मन मस्तिष्क की माया
फिर क्यों कुंठित है मन
चहकती खिलखिलाती
जिन्दगी क्यों है मन्द पड़ी ?

हृदय का स्पंदन देखो
कुछ है कह रहा
जी लो जिन्दगी
जी भर कर उसे

सोचो कैसे चहकती थी जिन्दगी,
ना थकती ना रुकती थी,
हर वक्त जीना सीखा जिससे
वो क्यों है सोच रहा
मुखौटे पे है मुखौटा सबका
इस चिन्ता में क्यों है
वो बेजार पड़ा ?

49.

चांदनी रात...
वो परियों की आवाज
वो नदियों का कल-कल
वो जुगनूओं का गुंजन...

कुछ गिरे थे तेरे आँसू
भींगा था मेरा मन
सिमट कर तब
तेरे पास आना
तुझको गले से लगाना

तेरे आसूँओ से अपना
आँचल भिंगोना...
याद है मुझको
वो चांदनी रात
वो परियों की आवाज़

50

याद है मुझे कहा था तुमने,
आ जाओ तो समेट लूँ तुम्हें।
बूँद से मोती तक का सफर,
मैंने भी तो चाहा था तय करना।

समा कर तुम्हारे दामन में,
सोचा बन जाऊँ मोती मैं भी।
पर कैसे कर पाती वो सफर तय,
आ गया कोई भंवर सागर में।

मिट गई वो बूँद अस्तित्व बचाने में,
बन ना पाई मोती इस जहां में।
फिर मैं कैसे कह दूँ प्रियतम मेरे
कि सारा कसूर तुम्हारा है ...

51

जाने क्यों उदास है मन,
जाने क्यों परेशान है मन,
बेबस मन ढूँढता है तुम्हें,
बेबस मन माँगता है तुम्हें।

राधा नहीं मैं तुम्हारी,
मीरा भी न बन पाई।
समर्पण सब कुछ अपना कर के भी
भीतर तुम्हारे समाहित न हो पाई।

क्यों नहीं हो पास तुम मेरे,
क्यों नहीं हो साथ तुम मेरे,
क्यों उदासी है इतनी गहरी
क्यों तन्हा खड़ी हूँ मैं ?

52

बेचैन मन स्वयं को तलाशता...
मुझे आदत हो गई है
तुम्हारी दृष्टि से
स्वयं को देखने की।

मैं तलाशती हूँ उसे
जो मेरे भीतर रहती है
एक मेरे जैसी ही ...

अगर मैं उसे बाहर आने दूँ
तो एक सुरीला संगीत
फ़िज़ाओ में फैल जाएगा।
क्यों रोकते हो मुझे ?

कैसा स्वप्न है ये?
मेरी अपनी जमीं, अपना आसमां,
एक उन्मुक्त आकाश...

53.

मन भागता है कहाँ...
एक मृग मरीचिका के पीछे
दौड़ने का नाम ही तो है
ये जिन्दगी ...

एक उम्मीद,
एक आशा ही तो है
ये जिन्दगी ...

थक कर, टूट कर,हार कर
जीत जाने का नाम ही तो है
ये जिन्दगी ...

ऐ जिन्दगी, तुम भटक कर
आ जाओ मेरे पास,
जी उठूँ मैं,
फिर एक बार....

तलाशता तुम्हें मन,
यादों के दायरे में
यादों से निकल कर
तुम आ जाओ मेरे पास।

जी उठूँ मैं,
फिर से एक बार ...

54.

तुम्हें देखने की उत्कंठा,
तुमसे मिलने की पिपासा,
मुझे खींच लाती
तुम्हारे पास ...

क्या हुआ जो तुम
दूर होते गए,
क्या हुआ जो मैं
उदास होती गई ...

रख दो कंधे पर अपना
स्नेह भरा हाथ
फिर से एक बार,
पुकार लो मुझको "बाबू"
फिर से एक बार
चल पड़े हम फिर से एक साथ

55.

एक दीप ही तो
जलाया है मैंने
एक चाह ही तो
जगायी है मैंने
एक कदम ही तो
बढ़ाया है मैंने ...

देखने लगी हूँ रौशनी
अपने चारों ओर...
एक चमक जो
सिहरन पैदा कर रही है
जिसमें खोने लगी हूँ मैं ...

तुम भी एक दीप
जलाओ ना,
एक चाह जगाओ ना,
एक कदम बढ़ाओ ना...

56.

सुनो ना,
मेरी धड़कनें, मेरे अहसास,
मेरे जज़्बात...
गिरवी हैं तुम्हारे पास।
क्या हुआ जो
मैं नहीं तुम्हारे पास ?

तुम्हारे पास आकर
तुम्हारे हृदय में उठते
भावनाओं के ज्वार
सहेजती हूँ मैं...

तुम बस
इतना सा कह दो
रह नहीं पाओगे मेरे बिना।
ख्वाबों की एक अलग
दुनिया बसा लूँगी मैं...

57.

उठ के जो तुम्हारे पास से
चलने लगी मैं
कह देते ना...
रुक जाओ दो पल
कि दिल अभी भरा नहीं
जैसे कहा था तुमने
उस पल।

बिना कहे ही तुम्हारे,
खुद को भूल आई
तुम्हारे पास और
अपने ज़ज्बात
अपने एहसास
छोड़ आई
तुम्हारे साथ।।

58.

सुनो,
बैठी रहूँ जब कभी मुंडेर पर अकेली,
साथ देने मेरा
बोलो, आओगे न...

जीवन की इस आपाधापी से
थक कर बैठ जाऊँ अगर मैं
तो हौसला देने
बोलो, आओगे न...

सागर सी हिचकोले खाती,
जीवन की इस भागादौड़ी में
मुझे सम्भालने
बोलो, आओगे न...

मृग की तरह कस्तूरी को तलाश करती मैं,
जब ढूँढ ना पाऊँ उसे
तो मुझे मेरी कस्तूरी तक पहुंचाने,
बोलो, आओगे न ...

59.

सदियाँ बीतीं युग बीते
जब कहा था तुमने
जो लाए हो आपस में बाँट लो।

ऐसा लगा था मुझे
मानो पाँच टुकड़ों में बँट गई मैं
और तब पांचाली से पदार्थ बन गई मैं।

कैसे समझ पाती तुम पीड़ा मेरी
क्योंकि तुम्हारे सारे पुत्र
पति समागम से तो उत्पन्न नहीं हुए थे!

माँ ... तुम्हारे उस पुत्र प्रेम ने
मुझे पदार्थ बना दिया
कैसा स्नेह था ये कि
मैं टुकड़ों में बंट गई।

सदियाँ बीती युग बीते
देखो तुम्हारे उस पुत्र प्रेम ने
कैसी तबाही मचाई है,
आज भी तुम्हारे पुत्र
पदार्थ ही मानते हैं मुझे।

चीत्कार रहा है आकाश सारा
ये कैसा वात्सल्य प्रेम लाई हो तुम!

60.

सुनो नो...

बन जाओ मेरे सेंटा क्लॉज
आ जाओ अपनी
पोटली लिए...

बहकने दो ना मुझे
अपने रंग में
चहकने दो ना मुझे
अपने दिल के आँगन में।

बजने दो ना
जिंगल बेल
मेरी धड़कनों में।

बोलो... आओगे
बनकर सेंटा क्लॉज
सिर्फ मेरे लिए...

61.

तेरा नाम ...तेरा एहसास...
अब भी हम खो जाते हैं
तेरी धड़कनों के पास जाकर
एक घर बना आते हैं

दूर नहीं जाना तुझसे
तभी तो कदम रुक जाते हैं
ना जाने क्यों हर बार
तुझे चाहने हम चले आते हैं

तुम कहते भी नहीं
चुप रहते भी नहीं
इसलिए तो,
एक चिरयुवा प्रेम की तलाश में
धीर नहीं हम, गंभीर हो जाते हैं।

62.

कहती अब मैं तुमसे
कुछ भी नहीं

शब्द खामोश है मेरे,
जज़्बात वही हैं...

पास थे तुम मेरे कभी,
अफसोस नहीं है...

मीलों की दूरियां है,
ख्वाब वही हैं...

ख़ामोश सा है
मेरे दिल का शहर,
उदास नहीं है ...

63.

वो खाली नौका
और इंतजार तेरा,
इतनी उम्मीद है
कि
आ रहे होगे तुम...

वो सागर की लहरें
और किनारे की रेत
सब तेरा इंतज़ार
कर रहे हैं ...

64.

मिल जाती अगर कोई सीपी उसे
बन जाती मोती...
ऐसी बूँद थी वो।

वो समा ना सकी किसी सीपी
के भीतर
वो ना बन पाई मोती।

बस इन्तजार...
करती रही वो,
सागर की अनगिनत लहरों के बीच
किसी अपने के आगोश में
सिमट जाने का...

65.

तुम मुझे आवाज दो
या ना दो
एक कशिश तो है ना
तुम्हारी आवाज़ में ...

मेरी लटें सुलझाओ
या ना सुलझाओ
एक कशिश तो है ना
तुम्हारी उँगलियों में ...

तुम मेरी आँखो में
देखो या ना देखो
एक कशिश तो है ना
तुम्हारी आँखो में ...

मेरे लिए ताजमहल
बनाओ या ना बनाओ
एक कशिश तो है ना
तुम्हारे प्यार में....

वो कशिश जिससे
खिंची चलीआती हूँ मैं
तुम्हारे पास ...

66.

सुनो ना,
मैंने मांगी है मन्नत,
तुम्हारे लिए...

ले ली है कुछ दुआएँ
सच्चे दिल की
तुम्हारे लिए...

बुना है कुछ ख्वाब
तुम्हारे साथ
तुम्हारे लिए ...

जीने लगी हूँ फिर से
एक नई रोशनी के साथ
प्रिय तुम्हारे लिए...

67.

बिना कहे ही पढ़ लेते हो मन मेरा
और रचने लगते हो कविता नई,
जिसमें होती हूँ मैं,
गुनगुनाती हुई, चहकती हुई

जोड़ लिया हो जैसे अपने
अन्तर्मन को मेरे अंतर्मन से
और तब शब्द तुम्हारे
परिभाषित करने लगते हैं मुझे।

स्पर्श कर मेरे मन को,
छूने लगते हो मुझे जैसे
लहरें छूती किनारे को,
तब खोने लगती हूँ मैं
तुम्हारे बुने हुए शब्दों में ...

68.

तुम स्रोत हो मेरे
समस्त अहसास के...
मैं परिभाषा तुम्हारे
समस्त अनुराग की...
मैंआशा तुम्हारी
तुम अस्तित्व मेरा...

69.

धुंध को जरा सा छँट जाने दो,
हमें फिर से खिलखिलाने दो ना।

ऐब तो होंगे तुममें भी,
खासियत को बस गले लगाने दो ना।

देखो....
बादलों की ओट से झाँक रही
नन्ही सी अभिलाषा,
बस धुंध को जरा सा छँट जाने दो ना।

70.

मेरे बच्चे,
कभी ना सोच कि
तू अकेला है
तू अपनी राह बना
अभी तो ये सवेरा है...

चुनौतियों को तू
स्वीकार कर,
मत सोच कि
तू अकेला है

तू खुद समर्थ है
तेरे साथ हैं तेरी उम्मीदें,
तेरा लक्ष्य...तेरा धैर्य...
फिर कौन कहता है कि
तू अकेला है ?

भरोसा कर खुद पर
यूँ ना अधीर हो
कठिन लग रहा है
ये समय आज तुम्हें,

तू युद्ध लड़

तू युद्ध लड़...
तू युद्ध लड़ कि
जीवन संघर्ष तेरा हिस्सा है।।

मत सोच कि
तू अकेला है
तू अपनी राह बना कि
अभी तो ये सवेरा है...

71.

जाना है क्षितिज तक ...
तो तुम्हें चलना ही होगा
निरन्तर... लगातार...

नदियाँ जैसे रुकती नहीं
पहुँचती है सागर तक
बहना है तुम्हें वैसे ही
निरन्तर... लगातार...

सोचो जरा,
पानी ठहर जाए तो क्या हो ?
सूख कर खत्म हो जाएँगी
धाराएँ उसकी...

रुके अगर तुम भी कभी
तो निश्चित है हार तुम्हारी
तुम्हें चलना ही होगा
निरन्तर... लगातार...

72.

लाडो...
जाने कब गोद से उतर कर
चलने लगी तुम
कैसे हौले -हौले चलते हुए
बड़ी हो गई तुम
पलकों पर असीम ख्वाब
संजोय हो तुम
अनन्त आसमान में उड़ने को
तैयार हो तुम
हौसलों का हाथ पकड़कर
उड़ जाओ दूर गगन में तुम

73.

वक्त रुक जाएगा ...मेरे बच्चे,
तू चलने की कोशिश तो कर
थाम लूँगी मैं ...तू उठ तो सही।

मेरे बच्चे ...तू रुक मत, तू हार मत ...
जमाने की रीत से ना घबरा।
मेरे बच्चे उठ ....चलने की कोशिश तो कर।

तू ना हो परेशान, ना हो उदास,
तू गिर गया तो क्या हुआ,
फिर से रौशन हो जाएगा जग सारा।
बस तू उठ मेरे बच्चे,
तू चलने की कोशिश तो कर।।

74.

सुन बिटिया मेरी,
कल चलना सिखाया था तुझे
कल फिर डोली में बिठाना है तुझे।

बस छोटा-सा सफर है
तेरा मेरा साथ,
चली जाओगी फिर एक दिन
तुम किसी अपने के पास।

अपने जीवन संघर्ष में
जब कभी थक जाओ तुम,
याद करना मुझे और फिर
उठ कर चल देना तुम।

अपनी आँखे नम मत करना तुम,
स्वर्ग को घर ले आना तुम।
प्रतिरूप ना बनना तुम मेरी
माना की छाया हो मेरी।

इस संघर्षरत दुनिया में,
मुझसे आगे निकल जाना तुम।

बस छोटा-सा सफर है
तेरा मेरा साथ,
चली जाओगी फिर एक दिन
तुम किसी अपने के पास।।

75.

तुम किससे रक्षा माँग रही !
उठो ...जागो...
स्वयं ही अपना
चीर बचा लो।
बन जाओ दुर्गा,
बन जाओ काली,
काँप जाए ये
धरा-गगन,
ऐसा तुम रूप
बना लो।
उठो ...जागो ...
स्वयं ही अपना
चीर बचा लो।

76.

कितना कुछ बदल जाता है,
माँ तुम्हारे होने से ...
मैं फिर से छोटी बच्ची बन जाती हूँ
माँ तुम्हारे होने से...

कैसे बताऊँ तुम्हें,
आँख खुलती है
तुम्हारे हाथ की चाय से ही
माँ तुम्हारे होने से...

जब मसालों की खुशबू,
आने लगती है रसोई घर से
तब अनमने से उठती बिस्तर से
अंगड़ाइयाँ लेते हुए,
आज भी काम ना करने के
बहाने ढूँढती हुई,
माँ तुम्हारे होने से...

जब भी आती बाहर से मैं,
तुम करती खाना लेकर मेरा इंतज़ार,
जैसे करती मैं अपने बच्चों का,
बस यही देख अश्रु छलक जाते,
माँ तुम्हारे होने से..

तुम मेरे लिए मेरे बच्चों को भी डाँटती,
मुझे तंग ना करने के लिए उनको
ना जाने कितने नसीहतें देती।
यही फ़र्क पड़ता है
माँ तुम्हारे होने से...

77.

कर लो ज़िद तुम
उस पड़ाव तक
जाना ही है

सनक समझकर
इसे अपनी
रास्ते पर चलना ही है

रास्ते में थकान तो होगी
पर मत ढूँढना
तुम छाँव नई

इस कड़ी धूप में तो
मेरे बच्चे,
चलना ही है
बस चलना ही है...

78.

दिल जो भर आए तो,
पलकों को भींगोना मत।

अश्रु छलकाकर तुम,
कमजोर होना मत।

एक सफर तय करना है
इसलिए रास्ते में तुम
थक जाना मत ...

79.

बचपन का कारवाँ
फिर से चल पड़ा है,
देखो ना....
आज एक बार फिर,
तेरी याद
टूटकर आई है।

ना तन्हाई ...
ना ही कोई बेबसी है
फिर भी तेरी याद
टूट कर आई है।

देखो ना...
गुड़िया तो तुम्हारी
अभी भी वहीं है,
बचपन को याद करती
वहीं पर पड़ी है।

80.

याद है मुझे कैसे आपकी
उपस्थिति किसी देवदूत से
कम नहीं थी !

हाँ... देवदूत ही तो थे आप
जब मेरे पति की सांसो पर
अवलम्बित काया संघर्षरत थी

मैं... अपने पति पर
अवलम्बित रहने वाली,
असहाय समझ ही नहीं पा
रही थी कि कैसे क्या करुँ !

मेरे जीवन का आधार बनकर,
थाम लिया तुफान आपने।।
हर पल जीवन का
नमन आपको।।

81.

अक्सर याद आता है
बेफिक्री का वो बचपन,
कहाँ था बिसलरी का पानी !

स्कूल में नल हुआ करता था
हाथ की ओट लगाकर
जिससे पानी पीया करते थे
कितनी बेफिक्री से...

होमवर्क नहीं किया
तो क्या हुआ
डिस्पेंसरी की सैर कर आते थे
कितनी बेफिक्री से....

82.

शस्य श्यामला
ये धरती...
क्यों हुई प्यासी ?
तेरे आस में
टकटकी लगाए
नयन हो रहे हैं बन्द...
ऐ मेघ तू चुपके से
आकर बरस...

देखो ना किसी को
कर्ज है चुकाना,
तो किसी का है
घर गिरवी पड़ा।
किसान कर रहा
आत्महत्या क्यों ?
ऐ मेघ तू चुपके से
आकर बरस...

83.

क्यों देखते हो यूँ अकेले बैठ कर
अपने हाथों की लकीरों को
तुम ख्वाब देखना शुरू तो करो

पूरे हो या ना हो ख्वाब तुम्हारे
तुम उन्हें एक मुकाम तो दो

धीरे धीरे तुम्हारे बुने हुए
हर ख्वाब पूरे होंगे
बस तुम उन्हें देखने की शुरुआत तो करो

मत लो लहरों के बीच जाने के लिए
किसी कश्ती का सहारा
तुम चलो इतनी हिम्मत से कि
तुफान भी रुक जाए

बस अपने ख्वाबों को देखने की
शुरुआत तो करो
तुम उन्हें आवाज तो दो

एक बेहिसाब तुफान समेटे हो तुम
कुछ अधूरे ख्वाब हैं तुम्हारे
तो फिर छोड़ो देखना
हाथों की लकीरों को

अपने ख्वाबों को एक मुकम्मल नाम तो दो
तुम उन्हें आवाज तो दो

84.

छोटा बालक होता चंचल जैसे
मस्त...मग्न...
वैसा ही मन मेरा,
अस्त-व्यस्त इन गलियों में
न जाने किसको ढूँढ रहा!

अपनी इन कविताओं में रमकर
न जाने क्या सोच रहा!
जुड़ जाओ आकर मेरी इन कविताओं से,
बस मेरा मन ये कह रहा...

छोटा बालक होता चंचल जैसे
वैसा ही मन मेरा,
हो जाता है अधीर और यही अधीरता
तराशती है मुझे और दिखने लगता है
सब कुछ सहज...सरल...

85.

आदत लगी है तुम्हारी
तो नशा भी होने दो,
मेरे दिल को बस,
एक बार तेरा होने दो...

तुम्हारे साथ हँसती मैं, खिलखिलाती मैं,
स्वयं को बयां कर पाती हूँ,
ऐसी ही रहूँ उम्र भर,
कोई वजह, बेवजह होने दो..

जीवन संगिनी नहीं हूँ तुम्हारी,
ना ही तुम्हारी प्रियतमा,
बातें करते रहो यूँ ही मुझसे,
बस बातें यूँ ही रहने दो..

तुम तो उदित हो रहे,
एक नई रौशनी के साथ,
मुझे भी उस रौशनी से,
झिलमिल होने दो...

86.

कछ अचंभित कुछ हैरान सी,
ना जाने क्यों परेशान सी !!

ठिठक कर खड़ी सोच रही
क्यों रुक नहीं पाती धारा
जज़्बातों की !!

क्यों मृगतृष्णा सी बनी जिंदगी ...
कुछ अचंभित कुछ हैरान सी !!

87.

दिल में कई जज़्बात छुपाए बैठे हैं,
हम तो पलकों की कोरों पर आँसू
छिपाए बैठे हैं।

दिख ना जाए तुम्हें आँखों की नमी,
इसलिए तो होंठों पर मुस्कुराहट
लाए बैठे हैं।

जाने कहाँ गया वो नन्हा सा बादल,
हम तो धूप में बस बारिश की आस
लगाए बैठे हैं।

तुफान तो बुझा गई कई दिलों के चिराग,
हम तो बुझे दिल में बस दीया
जलाए बैठे हैं।

तुम तो चले गए कई सपने नए जगाकर,
हम तो बस उन सपनों को हकीकत
बनाए बैठे हैं।

आ जाओ तो कुछ बात बने,
हम तो बस देहरी पर टकटकी
लगाए बैठे हैं।।

88.

डायरी के पन्नों में
सहेज देती हूँ
अपनी अनुभूतियाँ...

अपने जज्बात,
अपने एहसास
और सो जाती हूँ
निश्चित होकर।

सोचती हूँ,
कभी तो पलटोगे
पन्ने डायरी के
और तब खिल उठूँगी
मैं भी रातरानी सी ...

89.

तुमने पुकारा था मुझे
एक बार मृगनयनी,
तुम्हारी उस पुकार पर
अपनी बेसुध मादकता में
भागी चली आई थी ...

अपनी पायल की झंकार के साथ
हर पग पर छम-छम करती
इठलाती हुई, फुदकती हुई
किसी हिरणी की तरह ही
कुलांचे भरती चली आई थी...

मेरे नयनों की धार से
मचलने लगे थे तुम
और बार बार कई बार
पुकारते रहे थे मुझे मृगनयनी...

पूर्णिमा की थी वो रात,
ठहरना चाहती थी मैं
कुछ पल तुम संग
पर ना वो रात ठहरी
और ना ही ठहर पाई मैं ...

तुम्हारे स्वर खामोश होकर भी
गुंजते है आज भी मेरे कानों में
मृगनयनी...

90.

गुलमोहर के छाँव तले बैठकर
लिखी थी मैंने अपनी नई कविता,
जिसमें मिलन की खुशी थी
प्रेम से भींगी हुई कुछ पंक्तियाँ थी।

जब गुलमोहर के फूल मुझपर झड़े थे,
एक साथ दिल के कई तार बजे थे।
इसकी शीतल छाया में,
मेरे कलम बड़े मस्त चले थे।

वो उसकी झुकी डालियों के बीच
थी एक खाली जगह
जहाँ से तुमको देखकर
मेरे अरमान जग पड़े थे।

गुलमोहर की कुछ कलियाँ
जो नीचे गिर पड़ी थीं,
उसकी पंखुड़ियों में उड़ने की
जैसे होड़-सी मची थी।

उन कलियों को देखकर
मैं शरमाई थी पहली बार
और उन कलियों में जैसे
खुद को ढूँढ़ने चल पड़ी थी।

तुम्हारे पास आकर गुलमोहर
बढ़ा था हौसला मेरा,
तुम्हारी अनगिनत शाखाओं पर
जैसे सोने की पत्तियों-सी मैं खड़ी थी।

91.

इतने सवाल तुम्हारे,
परेशान हो जाती हूँ मैं।
जवाब नहीं देती,
तुम्हारे हर सवाल का...

होती है उनमें एक फिक्र,
एक गहरी संवेदना मेरे लिए,
और होती है व्याकुलता,
सबकुछ जानने की उत्सुकता..

महसूस करती हूँ तुम्हें
अपने चारों ओर और
गुम हो जाती हूँ
पर नहीं बनाना चाहती तुम्हें वो दर्पण
जिसमें मैं दिखाई दूँ....

डरने लगी हूँ तुम्हारे लिए,
तुम्हारे टूटने की परवाह है मुझे
और इसलिए सवालों को समेटे
आत्ममंथन करती रहती हूँ मैं ...

www.ingramcontent.com/pod-product-compliance
Lightning Source LLC
LaVergne TN
LVHW060300051026
849517LV00003B/886
* 9 7 8 9 3 8 8 3 6 5 4 1 3 *